754
JE 03

El papalote

Nota

Una vez que el niño o la niña pueda reconocer e identificar las 23 palabras que se usan en este cuento, podrá leer todo el libro. Estas 23 palabras se repiten a lo largo del cuento para que los lectores jóvenes puedan reconocer las palabras fácilmente y comprender su significado.

Las 23 palabras usadas en este libro son:

árboles	las	pájaro	también
cómo	los	papalote*	tocará
él	mi	podría	volar
el	miro	pudiera	vuela
en	montar	si	yo
hasta	nubes	sube	

*Es posible que al niño o a la niña le sea más familiar uno de estos sinónimos de *papalote*: *birlocha, cometa, estrella de rabo, milocha, pandero.*

Library of Congress Cataloging-in-Publication Data

Packard, Mary.
    El papalote/escrito por Mary Packard; ilustrado por Benrei Huang. 32 p. 20 X 20 cm—(Ya sé leer)
      Traducción de: The Kite.
      Resumen: Un niño observa el vuelo de su papalote.
        ISBN 0-516-35355-1
      (1. Papalotes—Ficción.) I. Huang, Benrei, il. II. Título. II. Serie.
PZ8.3.P125K1 1990
(E)—dc20
                                            90-30157
                                                CIP
                                                AC

El papalote

Escrito por Mary Packard   Ilustrado por Benrei Huang
Versión en español de Lada Josefa Kratky

CP CHILDRENS PRESS®
CHICAGO

Mira mi papalote.

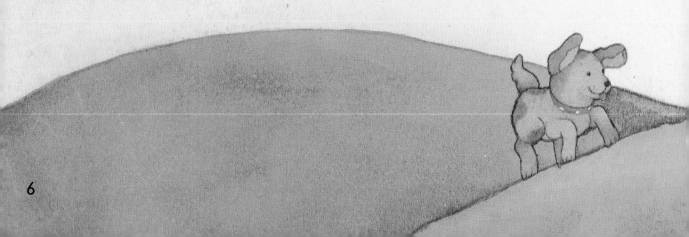

Mira cómo vuela.

Mira cómo sube.

11

Sube hasta las nubes.

¿Tocará los árboles?

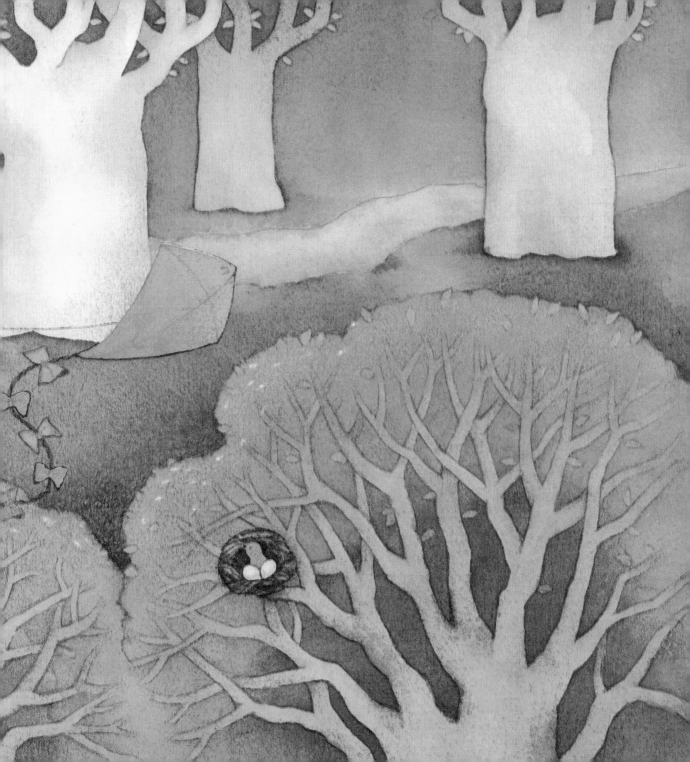

¿Tocará los pájaros?

16

18

¿Tocará las nubes?

Mira cómo sube.

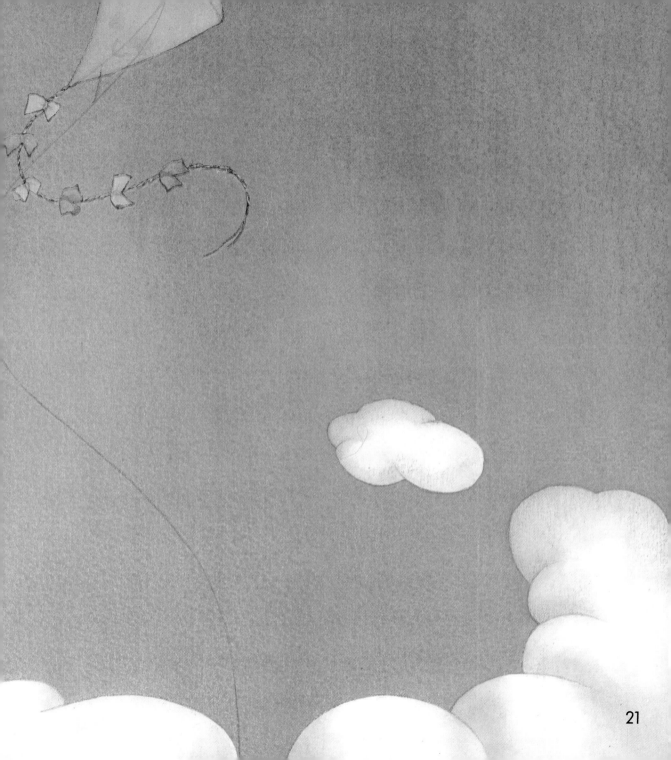

Mira mi papalote.

Mira cómo vuela.

Si en él pudiera montar,

yo también podría volar.